KB112539

서정이 물드는
오솔길에

서정이 물드는 오솔길에

발행일   2022년 11월 22일

지은이   권동기
펴낸이   손형국
펴낸곳   (주)북랩
편집인   선일영   편집   정두철, 배진용, 김현아, 류휘석, 김가람
디자인   이현수, 김민하, 김영주, 안유경   제작   박기성, 황동현, 구성우, 권태련
마케팅   김회란, 박진관
출판등록 2004. 12. 1(제2012-000051호)
주소   서울특별시 금천구 가산디지털 1로 168, 우림라이온스밸리 B동 B113~114호, C동 B101호
홈페이지 www.book.co.kr
전화번호 (02)2026-5777   팩스   (02)3159-9637

ISBN   979-11-6836-612-1 03810 (종이책)   979-11-6836-613-8 05810 (전자책)

(주)북랩 성공출판의 파트너

북랩 홈페이지와 패밀리 사이트에서 다양한 출판 솔루션을 만나 보세요!

홈페이지 book.co.kr   •   **블로그** blog.naver.com/essaybook   •   **출판문의** book@book.co.kr

작가 연락처 문의 ▸ ask.book.co.kr

작가 연락처는 개인정보이므로 북랩에서 알려드릴 수 없습니다.

서정이 물드는
오솔길에

권동기 시집

북랩

저서:

공저:

자서自序
— 제27시집을 내면서

세상이 시끄럽다.
시끄러워서 시끄러운 게 아니라
좋은 일이든, 나쁜 일이든
일단 불을 지피고 보는 건성 때문이다.

사촌이 논 사면 배 아프다는 말이
고조선 때 나온 말인데
그 명언이 지금도 통용되고 있기에
정녕 놀라울 따름이다.

동네 아이들의 장난이라면 회초리를 들겠지만
다 큰 사람들의 엇갈린 논쟁으로 시끄럽기에
세상 돌아가는 채널을 열지 않는다
다만 예술이 익어가는 문화에만 고정될 뿐이다.

올해도 하나의 점을 남기기 위해
틈틈이 적은 종잇조각을 하나씩 펼치며
밀고 두들기기를 다섯 언덕을 지나 원고를 마감하며
어머니의 건강과 가족들의 평온을 바라는 바나.

2022년 11월 중순
경북 영덕에서 權東基 배상

1부

2부

3부

4부

5부

새해의 이름으로

밤을 녹이며
역사와 더불어 춤을 추던
쥐들이 사라지고

낮을 굳히며
농토와 함께 노래할
소들이 다가오는

새해의 길목에서
과거와 미래를 끊고 이을
현재의 본모습으로

아쉬움이 쉬이 잊힐 순 없지만
희망찬 여명을 쫓아
더 많은 꿈을 적셔야 한다.

제자리걸음처럼

진정한 정신은
입으로 나타나고

희미한 체력은
눈으로 드러난다.

섣불리 넘겨짚지 않고
의중을 헤아리지 못하면

주는 힘이나, 받는 정이나
늘 제자리걸음처럼 보인다.

마음 따라 변하는 세상

장미 넝쿨 얽힌 곳에
양귀비가 피어 금상첨화라
이쁜 듯이 손뼉 치고

호박 덤불 설킨 곳에
개나리가 겹쳐 설상가상이라
못난 듯이 침묵하면

나지막이 박힌
이끼 낀 바윗돌에
명시 하나 새겨두었다고

민둥산을
금강산이라
멋진 듯이 불러줄까.

멈추지 않는 허상

속사정도 모르면서
사정없이 덤벼드는 입심

침 뒤기며 열변을 쏟아도
긁어 부스럼 만들 뿐

들뜬 기분이 허물어지고
다시금 돌아보는 눈빛

때론 서두른 탓도 있지만
팟대마저 쥔 듯 녹는다.

순간의 선택

노래를 부르거나
낭송할 때면

감흥에 젖어
정이 넘치기도 하고

춤을 추거나
허우적거릴 때면

율동에 빠져
몸이 떨리기도 한다.

사람 사는 세상에는

숨 쉴 틈 없이
피고 지는 꽃은
그 땀방울에 열매 맺어

만물의 색깔이 물들듯
터전이 풍요롭다.

헤아릴 수 없이
털고 거둔 곡식은
그 저장고에 두루 쌓여

인류의 생명이 꿈꾸듯
마음이 신비롭다.

미래의 버팀목

곪을 대로 곪은
청춘의 노동은 한숨 소리뿐

역겨워도 묵묵히
힘차게 뛰어가야 하고

닳을 대로 닳은
노인의 마음은 걱정거리뿐

힘겨워도 천천히
정답게 걸어가야 한다.

들녘으로 가는 길

자연의 숨결 들으니
농심마다 싹이 트고

전원에 먼지 날려도
들녘마다 꽃이 핀다

산천의 단풍 고우니
농가마다 정이 깊어

농촌에 향이 말라도
일손마다 꿈은 달다.

우주는 늘 평온하다

잔잔하던 바다가 춤춘다
가슴앓이를 씻어버리듯이

적적하던 산천이 노래한다
상처에 얽힌 고뇌를 날려버리듯이

모래사장이 파고에 더럽혀지고
나뭇가지가 바람에 찢어진다 해도

성숙할 것 같았던 신기루의 빛들은
저만치 서성이다 하루의 꿈과 저문다.

초야의 풍경

마당을 에워싼 담벼락 밑에
예전에 보지 못한 풀꽃이 피어

한창 자랄 풋고추의 기적을 믿지 않고
쑥스러운 듯, 측은한 듯 웃고 있다.

볕도 채 익지 않은 농토 너머로
아직 따스한 봄바람이 살랑대며

미래의 생명이 어우러질 시간 속으로
성숙으로 가는 그들이 기지개를 켠다.

계절에 핀 사연들

봄바람이 불어와도
매화가 떨어지지 않고

여름비가 쏟아져도
난초가 쓰러지지 않는다.

가을 향기가 자극하는 날
국화가 외롭다고 하더라도

겨울 연기가 필 때면
댓잎에 스친 그리움은 쌓인다.

어느 날

새순이 콧구멍을 괴롭힌다거나

뙤약볕에 얼굴을 태우는 것은

단풍이 마음을 녹이는 것이 아니라

화롯불에 구운 고구마가 생각나서다.

알 수 없는 노래들

굶주린 배 움켜쥐어도
풍요로운 세상이라고
말할 수 있거나

이상의 꿈 거덜 내도
번영의 세계가 펼쳐질 거라고
외칠 수 있거나

지나가는 태풍도 순풍이라 하고
무너지는 돌탑에도 보석이라 빛날 거라고
믿을 수 있다면

막바지 쏟아낸 정서라고 하더라도
뜻 없이 흘러가는 시간은 영롱하지만
꽃을 꽃이라고 부를 수 없다.

역으로 가는 세상

스산한 바람이 전하는 풍요로움에
알곡을 채워간다는 사실은 모르듯

애잔한 심성이 닿는 너그러움에
지식이 쌓여간다는 의미를 모르면

맑은 눈에도 보이지 않고
밝은 귀에도 들리지 않는 것처럼

자신이 내뱉은 언어만 진실이 있고
타인의 열변은 한낱 헛소리일 뿐이다.

농민의 얼굴들

하늘에 걸린 태양은
등줄기에 땀샘을 쏟게 하고

땅을 품은 달은
뒤척이는 침실을 녹게 하니

무수한 빛의 외침으로
꽃이 피고 질 전원에는

삶이 부풀러질 희망에 웃었다가
혼이 자지러지는 허망에 울기도 한다.

아픈 추억을 넘어

바른길인 줄 알고 걸었을 뿐인데
늪지대에 걸쳐진 낡은 나무다리였다는

아름다운 노래인 줄 알고 불렀을 뿐인데
호들갑에 내둘러진 닳은 소음이었다는

진실이 내겐
니무 아픈 생채기였다는

그 추억들이 생각날 적마다
가끔 가위눌림처럼 숨이 멎곤 한다.

겨눌 수 없는 시간

불가피한 화풀이에 짓눌려도
감성에 빠진 새들은 노래하는데

감당 못 할 인내심에 분노해도
억세게 버틴 풀들은 춤추는데

졸음이 이는 밤하늘의 별처럼
고뇌가 피는 새벽녘의 뜰처럼

삶에 찌들어가는 와중에도
가늠하지 못할 심장은 뛴다.

자유로운 영혼

웃고 싶으면 웃어야
해맑은 마음으로 감동할 수 있고

울고 싶으면 울어야
애타는 심정으로 후회할 수 있기에

징그러운 하루살이도
그렇게 자유롭게 살다 가는데

우리네 인생은
어떻게 지새우는 줄도 모른다.

고개 숙이는 마음

무턱대고 떨어진 꽃잎이라도
속절없이 떠날 마음은 아니다.

잠시 머물며 감쌌던 열매들이
홀로 뙤약볕을 즐길 줄 알기에

더 머물며 다가갈수록
그 삶이 나약해질 수 있다는

온몸으로 느낀 감정을 전하며
잘 익어가길 바라기 때문이다.

옛 얼굴

얼핏 스친 얼굴이
예전에 보았던 그 모습은 아닌 듯하여

부디 잘 살 거라는 믿음이
스스럼없이 떠오를 이유는 없지만

흔히 젖어오는 그리움이라면
생뚱맞은 기다림을 숨길 수 있지만

막상 덮거나 지우려고 해도
떠오르는 추억은 어찌할 수 없나 보다.

2부

더불어 가는 사람들

손가락으로 천하를 들고 싶지만
지렛대가 아니면 이룰 수 없기에
도움을 받아야 목적을 달성할 수 있으며

정녕 하찮다는 생각이 들어도
자칫 거만한 행동을 해선 안 될 이유는
나 스스로 닦아놓을 미래의 길이 없기 때문이다.

때론 바람이 아끼던 책을 쓸어버린다거나
빗물이 단풍 든 산천을 망쳐버린다 해도
혼자서는 그냥 멍하게 바라보는 것처럼

늘 존중하는 마음의 자세가 있어야 만이
그만큼의 대우를 받을 수 있다는 것을
마른 땅을 적시던 소나기가 일러준다.

인연이 아니기에

낡아 무너지고 나면
맺은 빛바랜 추억도
사라지고

썩어 문드러진 후에도
잊은 심드렁한 발자취도
살아난다.

재채기에 콧잔등을 후벼도
누군가의 생각에 얽매여
아련한 그리움이 묻어나고

깎아내린 활자본을 두들겨도
스친 인연의 잔잔한 눈물만은
새벽이슬 타고 여며온다.

예쁜 세상

기쁜 노랫말이
귓전을 후벼도
휘어 도는 산山처럼
묵직하게 품고

노한 움직임이
시야를 적셔도
구비 치는 강江처럼
말끔하게 담고

슬픈 메아리가
입술 타고 굴러도
스며드는 정情처럼
포근하게 안고

즐거운 풍류가
콧잔등을 긁어도
울렁대는 시詩처럼
신선하게 만나

예쁜 세상을 꿈꾸고
멋진 사회를 가꾸고
고운 둥지를 꾸미니
함박웃음 가득하다.

정겨운 꿈

과거의 낯선 만남으로
무심코 그려놓은 흔적들이
다정한 정인 양 깊어가고

현재의 고운 인연으로
늘 동행하는 풍경처럼
해맑은 삶이 즐거워지니

미래의 깊은 우정으로
영롱히 서정의 빛 적시며
정겨운 꿈이 익어간다.

덩달아 오는 것들

배우고자 하는 마음보다는
가르치려는 습성이 더 배인 탓에
맘 같지 않은 행위에 몸서리치고

양보하고자 하는 인격보다는
취하려는 욕망이 더 솟은 탓에
뜻하지 않은 고통에 설레발치는

아, 신기루의 그 끝이란 것이
고요 속에 꿈틀거리는 전설이 아니라
무지 속의 헛꿈이 사그라지지 않는 한

불쏘시개 역할만은 미룰 수 없다는
처연한 인정미가 조심스레 끓어오른 후에야
빈털터리의 온정이 슬그머니 내려놓는다.

전원에 피는 꽃들

삶의 목마름이 허덕일 때
긴 대화보다 짧은 고요의 술잔에 도취되어
속병 쏟아내듯 음音을 토할 수 있다면

정의 그리움이 밀려올 때
넓은 대로보다 긴 적막의 숲길에 휘청거리며
애정 쌓아가듯 시詩를 녹일 수 있다면

올 이도
갈 이도 없는
고적한 전원에서

미지의 시간이 속절없이 흘러
숨 막히듯 와 닿을 숱한 인고의 바람이
정서 하나 무너뜨려도 괜찮다.

울다 웃는 새들

대낮에 힘 쏟는 노동력이
마냥 꿈처럼 화려할 뿐
나약한 몸을 들춰낸다면

심야에 불붙은 창작혼이
그냥 별처럼 반짝일 뿐
허망한 넋을 쏟아낸다면

파렴치한 행위 후의 미소처럼
달갑잖은 인연이 마주치는 아픔처럼
들먹거리기 위한 길이라면

울어도 우는 것이 진실이 아니고
웃어도 웃는 것이 허풍이 아니라면
막연히 오고 가는 바람뿐인 것을.

생각하는 고뇌들

풋내기는
나무에 매달려 있거나
땅에 떨어져도 향기롭고

늘그막은
바람에 시달리거나
알아주는 이 없어도 신비롭다.

대낮에는 농토 따라
운동하듯 일손에 신바람 일으키며
들녘의 생명을 보듬고

깊은 밤을 맞으면
희미한 등 하나 밝혀놓고
세상 이야기 들먹거린다.

세상살이의 꿈

여름에
이한 치한을 떠올리면
땀방울이 얼어버릴 듯하고

겨울에
이열치열을 되뇌면
고드름도 녹여버릴 듯하니

화사한 봄에는 평화로운 씨앗을 심고
신선한 가을에는 풍요로운 곡식이 쌓여
지구촌의 넉넉한 삶이 무르익는다.

시비是非의 길

행운의 빛이 들지 않는 곳이라도
비지땀 흘리며 부지런히 가꿔갈 터전이라면
설령 내버려진 맹지에도 꽃 피고

건강의 몸이 유난히 빛나더라도
근육질 들추며 쉴 새 없이 이어갈 노동이라면
가령 아름다운 둥지에도 병 든다.

좋은 인연

곧은 나무에 과거의 향기가 서려도
멋을 찾는 종이 뭉치처럼
서정의 빛을 내리쬘지 모르지만
그 아래 그늘에는 독서 하기 좋고

굳은 토양에 현재의 입김이 묻어나도
맛을 풍긴 두부 조각 같이
음식의 향을 빚어낼지 모르지만
그 위 솥에는 호박죽 끓이기 좋다.

열망을 찾아

강변에 전망 좋은 전원이라도
거친 빗물에 난장판이 될 거라면
돛단배에 앉아 풍류를 즐기자

산중에 그림 같은 풍경이라도
모진 바람에 불장난이 될 거라면
원두막에 누워 낭만을 누리자

하지만 행복이 드리워질 터전을 찾아
평화로운 활동에 밀알을 수놓으며
쾌락이 물드는 보금자리를 가꾸자.

한나절에 얽힌 사연들

여정의 시간이 오면
마음을 내려놓고 즐길 수 있는
유일한 공간을 찾아 자유의 몸짓을
누리고 싶다.

벅차오른 순간이 가면
욕심을 드러내어 부추길 수 없는
조급한 생각을 떠나 허망의 신음을
버리고 싶다.

빼어난 풍경 속으로 빠져들어도
무수히 노닐다 사라진 인류처럼
시비에 얼룩지며 버텨가야 할
터전이기에

한 폭의 그림이 꿈틀거리지 않더라도
한나절에 쓸고 닦는 억겁의 띰빙울이
미세한 빛 되어 웃어줄지도
모른다.

034

생각은 찰나를 추스르며

산자락 비바람에
박자라도 맞추듯
풀잎을 치장하곤 해도

강나루 물보라에
흥이라도 보채듯
이끼를 양성하곤 하지만

하늘과 땅이 주고받는
공기놀이에

호수와 바다가 갈라지는
물수제비뜨기에

하찮은 삶이라도 보람이 있고
허접한 꿈이라도 진실이 있기에
행복은 순간에도 빛날 순 있다.

빛과 그림자

하늘로 나는 새는
땅을 녹인 꽃을 내려다보며
얼굴을 내려놓을 수 없고

산봉우리를 도는 구름은
우주를 달군 은하수를 올려다보며
마음을 드러낼 수 없기에

낮이면
심장으로 외치던 소음조차 죽이며
꽃과 속삭이듯 노랠 부르고

밤이면
고뇌로 시든 고요마저 감추며
은하수에 여민 듯 여민 듯 춤을 춘다.

익어가는 길목에서

유월의 따사로움이
시월의 그리움처럼 와 닿아
계절의 전율을 적신다면

양력의 해바라기꽃이
음력의 달맞이꽃처럼 다가와
절기의 문화를 즐긴다면

작년의 고운 정이
새해의 애정처럼 밀려와
세월의 감정을 나눈다면

분위기에 꽃이 피고
땀방울만큼 열매가 익어가니
차디찬 심장에도 훈풍이 분다.

미래의 꿈

단내 나는 세상이라도
감수성마저 사라질 줄 아냐고
물어본다면

진 빠지는 세태에 익숙하여
허물어지는 속세에 단풍이 든들
곱잖은 현재의 혼불은 꺼질 테고

흉물스러운 인생이라도
인간미마저 디럽힐 줄 아냐고
대답한다면

콩가루 날리는 거리가 낯설어
시들어가는 심신에 고통이 들던
밉잖은 미래의 생명은 이어 갈 뿐이다.

삶의 과정

여름날
나무 그늘 밑에 일하는 개미를 보고
후회로움이 담배 연기처럼 피어난다면
봄에 씨앗을 뿌리지 않은 탓일레라.

겨울날
황토 난로 위에 물 끓이는 소리를 듣고
아쉬움이 술향기처럼 살아난다면
가을에 추수하지 못한 아픔 때문일레라.

계절마다 피고 지는 꽃잎 따라
마음마다 울고 웃는 정성 따라
다하지 못함에 설움 또한 클레라.

아무 일도 아닌 것처럼

물방울에 말리던 옷이
젖었다 해서 새 옷값 달라며
겁주는 건 아니지

우격다짐에 아물던 상처가
덧났다 해서 치료비 물라며
덤벼드는 건 아니지

오밤중에 잠자던 둥지가
흔들렸다 해서 건설비 청하며
악쓰는 건 아니기에

무심코 일어나는 공간에서
고의가 아닌 우연이 빚어낸
촌극의 먼지가 가라앉질 않는다.

미래의 꿈들

차디찬 함박눈을
기다리는 새가 아님에도
가슴을 비벼댄다.

뜨거운 뙤약볕을
물리치는 꽃이 아님에도
입술을 움츠린다.

환경에 따르지 않고
내키는 대로 향한
그들의 세상은

하늘을 덮은 은하수도
땅을 녹인 아지랑이도
무지개보다 고울 순 없다.

3부

세 치 혀舌

시위를 떠나 날라 온다 해서
산천초목이 떨 필요는 없다.

설령 맞는다고 하더라도
힘이 무뎌 생채기뿐이지만

태만해도 안 될 이유는
오지랖에 정신마저 놓다 보면

그 몸짓에 달구어진 과녁으로
쏜살같이 내리꽂힐 수도 있다.

엇박자로 걷는 이들에게

간혹 이러더라
버르장머리 없다는 이유로
즉석에서 삿대질하고도 분이 풀리지 않아
주먹질했노라고

종종 그러더라
평소에는 그러지 않았는데
가끔 욕지거리하고도 화를 잠재울 수 없어
짓밟았노라고

이러다 에둘러 말하더라
참을 수도 있었는데 그렇지 못했노라고
세상의 정서는 비단처럼 너그러운데
가끔 미친 듯이 대든다고

그러다 우격다짐에 얼굴 내밀며
용맹한 독불장군이라고 허풍떤다기
거울 속의 초라한 자신을 발견하곤
참회의 눈물이 흘러내린다.

누군가가

감칠맛 난다는 소리에
곁눈질로 보곤
그냥 스치었다.

명언을 내뱉었다는
그 말 한마디에
귓전을 성큼 열었는데

잠꼬대라고 한다
아니 몽니 부린다고 한다
그리곤 사라졌다.

헤아리지 않은 꿈들

보았는가 눈물 꽃을
꽃잎 위에 구르는 이슬 같은
아니 수줍은 달이 외로운 심정으로
지고 있음을

느꼈는가 웃음꽃을
구름 위에 흐르는 보석 같은
아니 속삭이는 그리운 침묵으로
피고 있기에

숨 막히듯 와닿는
시련의 감성이 치밀지라도
침묵의 시간을 토닥거려야만 맥박이
뛴다는 것을.

바라보지 않은 사람들

깎아내린 정이 칭찬받는다 해도
되려 영웅으로 솟아나지 않을 테고

떠받치는 몸이 영웅이라고 해도
정녕 우주의 별이 될 수 없기에

비 갠 후 맑음처럼
마치 수정알 보듯

잎새의 외침으로 붉어진다 해도
곧은 정성만 심장을 적실 뿐이다.

어둠의 등

파닥이며
창공으로 솟는가 싶더니
애써 가꾼 둥지를 날려버리고

억센 외침도
아무 일도 아니란 듯
결과물에 승복할 줄 모르는 채

잔잔히 물든 고요의 뜨락만
물끄러미 예의주시하듯
작은 요동을 일으키고 있다.

진실이 흐르는 대로

아무리
눈속임 당해도
속마음인들 녹일 수 없고

억지스럽게
으름장 놓아도
심장마저 흔들릴 수 없고

천연덕스럽게
호들갑 떨어도
줄행랑은 절대 칠 수 없기에

암암리에 갈고 닦은 온정을
혼동될 만큼 허우적거린다 해도
가증스러운 생각은 가질 수 없다.

묻고 답하기

불이익에
놀란다 해도

그 진실을
알아야 하고

불순물이
더럽힌다 해도

그 거짓을
밝혀야 한다.

웃다가
먹던 밥알을 흘리거나

울다가
마신 숟잔을 깨뜨려도

그 사연을
콕 집어야 하듯.

어쭙픈 이야기

징검다리 건너다 엎어진 사연을
걸림돌 밟다 넘어졌다고 하고

시궁창에 흘러 들어간 이유를
꽃길 걷다 미끄러졌다고 하니

겉보기엔 옹골차지만
속은 연약한 몸짓에 불과한 터라

풍파에 부식된 암석 조각이
연잎에 구르는 이슬처럼 빛난다고 한다.

고뇌의 밤

깊은 밤
넋 놓고

책 장에
정 쏟는

서재 방
창 너머

새벽 별
와 닿네.

흩뜨려놓은 길

헌신짝 같은 세상을
보자기에 정 싸듯 감춘다면

화들짝 놀란 인생을
꽃동산에 꽃 피듯 품는다면

행복스럽게 울 수 있고
불행의 넋으로 웃을 수 있는

그 길이
정녕 은은한 메아리라 해도

고뇌에 얽힌 아픔은
묵묵히 녹아내린다.

—

교요의 바람

비행기가 하늘을 가로질러 나니
창공으로 벌떼가 줄지어 날고

열차가 땅을 허우적거리며 달리니
들녘에 꽃들이 마구잡이로 핀다.

그만큼

깊어지는 세월만큼
졸졸 흐르는 물도
연륜이 쌓여가고

높아지는 인생만큼
활활 타는 불도
경륜이 깊어가고

높아지는 인심만큼
휭휭 부는 바람도
생명이 익어간다.

허공에 이는 미소

우연히 농로에서
소리 없이 핀 들꽃을 보곤
가슴 설렌 이유는

간밤에 본 별의 눈물이
알곡의 갈증을 축여주고

애증의 물 한 모금이
들녘을 촉촉이 적셔주었기에

그 곱던 씀씀이를 묻어두고
무심히 지나치다 마주친
그 미소 때문이다.

장인匠人의 길

화가의 붓끝은
시야에 보이는 것을 화선지에 옮긴 후
네 가지의 색을 배합하여 조화로운 혼을 펴

시인의 펜촉은
심장에 느끼는 것을 원고지에 담은 후
자음 모음의 글을 정돈하여 서정의 넋을 터

보이는 대로
느끼는 대로

의미 없이 멋 부리는 허상의 몸짓이 아니라
시와 그림이 어우러진 진솔한 세상을 가꾸며
더불어 시절을 엮어 갈 보람이면 충분하다.

사계절에 핀 정情

매화의 그리움은
봄바람에 녹아내리고

난초의 위대함은
여름 땡볕에 솟아오르니

국화의 애절함은
가을 단풍에 불타오르고

대나무의 강렬함은
겨울 눈밭에 그리워지니

깊고 넓고 높은 인류의 길목마다
여유로움이 가득하다.

곧대로

불쾌하다고 귓불 내리고
통쾌하니 눈썹 올라가듯

단체마다 정관을 정해 엇박자라도 따르고
개인마다 속앓이에 지혜가 남달라도
거짓의 부끄러움을 알아야 한다.

놀린다고 입술 세우고
칭찬하니 콧등 벌렁거리듯

집집마다 꽃밭을 일궈 행복의 노래하고
도로마다 핀 잡초의 마음으로 춤추니
진실의 아름다움은 숨겨야 한다.

그때 그 모습

옛집 거미줄 걷어내고
황토구들방 아궁이에
옛 손길로 군불 지피며

하늘로 솟아오르는
굴뚝 연기의 추억 따라
그리움 찾아가는

그 여인의 앳된 눈가엔
세월의 애환이 서린 듯
황혼이 내려앉는다.

고뇌의 바람

먼지 덮인 추억이
빛바랜 미소를 머금고 비칠 때
참았던 감동의 눈물은
흐를까

담백하게 무쳐진 음식이
감칠맛 나는 향기가 필 때
온몸으로 요동칠 잔잔한 침샘은
고일까

보이는 만큼
있는 그대로의 모습이 묻어날 때
뭉개진 원고 사이에 낀 예술이
마를까.

띄울 수 없는 것들

주는 희망일랑
그 첫 문에다
웃음꽃으로 심어놓고

받은 절망이랑
이 끝 길에다
눈물 꽃으로 피워두고

들어올 때 신바람 나고
나갈 때 아쉬움 남아
다음을 기약해서 좋고

줄 때 따뜻한 마음 갖고
받을 때 미안한 심장 뛰니
못 봐도 그 뜻 여미니 좋다.

4부

덤으로 사는 세상

기쁨을 헤아리지 못하고
설움만 그윽하다는 그 마음 언저리에
세월이 안겨 준 연민의 정이란 것이

행복을 느껴보지도 않고
불행만 닥친다는 그 말 한마디에
시간이 비껴간 찰나의 꿈이란 것이

봄 풀에 녹은 가슴이 뛰거나
여름 볕에 아지랑이 춤에 숨이 멎거나
가을 놀에 황금이 물든 채 노래하거나

아니면
겨울 굴뚝 연기에 한해를 녹이며
여명의 기지개를 켜볼 참이다.

담벼락에도 꽃이 핀다

억지로 꾸며놓은 환경이라도
저절로 살아 숨 쉬는 풍경보다 찬란하다면
신비함에 젖어 들 수 없고

산봉우리에 앉아 마을을 내려다보는 재미보다
강가에 조각상을 감상하며 즐기는 게 좋다면
생동감에 빠져들 수 없기에

내려다보는 하늘이 부끄러워 구름으로 가리고
올려다보는 땅이 민망하여 안개를 드리운 채
가명의 얼굴로 낯설 수밖에 없다.

세상에는

엉터리 인생이기에
지식 또한 허접해도
즐겁다고 한다.

진솔한 세월이기에
무능 역시 괄시해도
기쁘다고 한다.

파렴치한 사상에 매몰되어 가도
어처구니없는 논리에 혀를 차도
소탈한 미소를 짓는 우리이기에

유쾌한 듯 장단 맞추며
상쾌한 듯 노랠 부르고
통쾌한 듯 춤을 춘다.

보이지 않는 눈

장소에 따라 다른 풍경을
하늘과 땅의 기운이라 보지만
좋고 나쁨은 드러낼 수 없고

만남에 따라 들뜬 마음을
지혜와 무지의 판단이라 믿지만
옳고 그름은 표현할 수 없고

혼인에 따라 고운 사랑을
진실과 거짓의 모습이라 하지만
깊고 얕음은 보여줄 수 없다.

생명처럼

작가는 서정에 따라
풀숲으로 넘나들며
새들처럼 노래하길 원하며

배우는 각본에 따라
무대 속으로 빨려들며
미치광이처럼 춤추길 바라며

관객은 예술에 따라
천사의 빛을 받아
주인공처럼 행복하길 기다리며

하늘에 뜬 구름이 산을 넘고
땅을 덮은 낙엽이 강을 건너며
즐거운 생명처럼 살길 꿈꾼다.

뜨락에 들려오는 소리

그늘 밑에 노닐다가
허기진 배 잡고 달려와
넉살 떨듯 동냥질하고

뙤약볕 아래 헤매다가
까만 얼굴 비비며 찾아와
앙탈 부리듯 하소연하니

넋두리에 자연스럽게 변하지 않고
생각대로 쉽게 굴러가지 않기에
꿈은 꿈대로 사라지고

배앓이에 가증스럽게 움직이고
공백대로 곱게 채워야 하기에
넋은 넋대로 살아난다.

잔잔한 행복

웃돌던
희망의 넓이도
저만큼 좁아지고

못 미친
절망의 길이도
하찮게 짧아져도

불쏘시개 같은 역할이
촉촉이 젖은 장작불도
활활 타오르게 하고

속 빈 강정에 꿀이 없어도
미지의 행복을 채우기 위해서는
풍차처럼 씽씽 돌아가야 한다.

정다운 이야기들

모나게 이어가는 하루도
구름처럼 뉘엿뉘엿 노래하며
산을 넘고

우연히 수놓은 예술도
바람처럼 허적허적 춤추며
강을 건너도

단풍 드는 배경으로
맞장구치는 대화라 해도
에나 지금이나 마음은 한결같다.

외침으로 다져가는 희망들

막다른 골목에 몰린 쥐가
빼도 박도 못할 처지라 해도
험상궂은 고양이를 피해 갈 수 있고

퍼져갈 산불에 갇힌 짐승이
이리저리 빠져나올 길이 없다 해도
생뚱맞은 불구덩이를 벗어날 수 있듯

세상일이 험난할지라도 지혜를 발휘하면
좋은 일에는 시원한 덕담 전하며 악수하고
나쁜 일에는 포근한 교훈 한마디에 어깨를 도닥여주
며

선대가 살아온 터전을 물려받아
현대를 살아가는 우리들의 몫을 가꾸어
후대로 이어 갈 꿈을 전해주는 일이다.

유분수 有分數

정직하게 살아도
속죄한다는 말을 곧잘 하는데
죄짓고도 당당한 모습을 보면

인두겁을 썼거나
얼굴을 고쳤거나
자신을 버렸거나

그것도 아니면
시비에 휘말려도 바람이라 하고
잘못이 드러나도 남 탓으로 돌린 후

그 죄는 결코
올가미를 씌운 모독이라며
마치 신처럼 살았노라고 한다.

마주치는 일들

아무런 분위기도 아닌데
마음이 흔들리는 것은
바람 때문이다.

아무리 마음을 잡아도
잡음이 머무는 것은
정서 때문이다.

메마른 들꽃처럼
신나게 춤을 추지만
조금도 동요되지 않는

현실의 들뜬 정을
심장 속에 고스란히 담아
어디론가 떠나고 싶다.

그림에 편한 말

어느 화실에 들렀다가
화들짝 놀란 적이 있었던
그때가 떠오른다.

그냥 지나치고
무심히 지나왔을 법도 한데
그 액자 속에 흔들리는 모습들이

생김새는 선비 같고
빼어남도 죽림보다 더 화려한
아! 보석보다 더 빛나고 있었다.

마치 바람에 살랑이듯
세월을 지탱하며
지켜온 소나무 한 그루.

073

나의 길은

갈림길에는
걸림돌이 존재하고
자칫 위험에 빠질 수도 있기에

두 갈래나, 세 갈래가 뻗어 있을 때
그중 하나는 나의 길이기도 하지만
쉽사리 혼자 결정하지 못해 헤맨다.

결국 그 외길을 잡고
디딤돌 따라가다 보면
망설임 없이 맥진할 수 있으나

다른 길을 상상할 때마다
후회의 떨림에 몸서리칠 때도 있지만
결코, 멈추지 않는다.

농도의 바람

만나고 있으면
윤택이 콸콸 쏟던
그동안이 생각난다.

떠나고 없으면
애정이 좔좔 넘친
그 순간이 떠오른다.

있을 때나
없을 때나
늘 같지 않아 끈적하지만

다시금
소중한 시간이 지남에도
흩어지지 않으니 즐겁다.

서정抒情이 물드는 오솔길에

희로애락에 젖은 꿈처럼
정성껏 웃고 울 동안은
감정을 꽃 피울 수 있고

낙락장송에 뻗은 힘처럼
마음껏 오고 갈 때마다
용기를 뿜어낼 수 있기에

정서가 메마르거나
육신이 버거울지라도
그냥 무너지지 않고

심장을 도려내듯
살갗을 후벼파듯
그렇게 익어가는 거다.

삶의 시詩

닫힌 귀가
시 음률을 들으니
매화가 노래하는 것 같아 기쁘고

감은 눈이
시 풍경을 보니
난초가 눈물짓는 것 같아 화나고

다문 입이
시 낭송을 하니
국화가 통곡하는 것 같아 슬프고

막힌 코가
시 향기에 벌렁거리니
대나무가 춤추듯 즐겁단다.

바라보는 눈

어민의 눈에는 물이 출렁이고
농민의 코에는 땅이 향기 나니
노력만큼의 희망이 넘친다.

물속에
꼬리치며 춤추는 고기떼가
풍어의 기쁨을 펼치기에 충분하고

땅 위에
서걱대며 노래하는 작물들이
풍농의 감격을 누리기에 만족하니

해산물 담고 오대양 넘나들고
농산물 싣고 육대주 오고 가니
땀만큼 결실이 흘러넘친다.

맘으로 전하는 말

무엇을 느낀다는 말보다
감정으로 이루어지는 이유를
좋게 귓속말로 전할 수 있다면

어디서 알았다는 것보다
묻고 얼버무리는 증거를
싫은 눈빛으로 던질 수 있다면

나는
엇비슷한 과정으로 에둘러 보채며
가슴앓이하듯 내려놓는 암시적 매듭으로

울 수 있을 때 격한 몸짓이 있을 테고
웃을 수 있을 때 연한 미소가 여밀 테니
명확한 시비는 자신의 가슴앓이뿐이다.

우주의 변

술 한 잔 마시면
기분 좋고 즐겁지만
취하는 순간은 후회하고

밥 한 그릇 먹으면
배부르고 등 따시지만
토하는 찰나는 불행하듯

세상에는
없으면 갖기를 바라고
있으면 버리기를 원하지만

사회에는
굽히면 망하는 줄 알고
치들면 성공한 줄 안다.

장남과 맏며느리에게

품 안을 떠나더니
어느새 성인이 되어
아비의 그 자리에 선 장남아

대구의 화려한 예식장에
두 손 꼭 잡고 나타나
천사의 모습을 보여준 맏며느리야

이제 너희 둘은 하나가 되었고
하나는 서로의 일이 따로 있는 게 아니라
무엇이든 함께 발맞추어 걸어가는

늘 처음 느낀 그 마음을 간직하며
어떤 일에 미약한 떨림이 있더라도
사랑의 다짐만은 놓지 말고

너희가 꿈꾸는 세상을 향해
언제나 지혜로운 미래를 품어 안고
행복한 삶을 맘껏 펼치길 바란다.

5부

서로 신뢰하는 마음

악몽을 꾸었다면
꿈은 반대라 행운이
올 거라고 하기에

절망을 뭉개 희망을 바라고
불행을 막아 행복을 품으면
행운이다.

길몽을 깨었다면
넋은 참이라 축복이
필 거라고 하기에

사람과 사람의 만남이 정겹고
인류와 인류의 화합이 즐기면
축복이다.

082
빛바랜 친구

함께
밥을 먹고
술 마시는 친구는

같이
산에 오르고
강 건너는 친구는

멀리에도
가까이에도
많고 많지만

힘들거나
고통스러울 때는
인적마저 없다.

083

몽당연필

훈육에 필요한 회초리는
돌담에 낀 채 잠드니

억지로 쌓은 행복의 길마다
진실도 사라지고 낙엽만 날리고

싸움에 사용할 주먹은
주머니에 넣고 다니니

저절로 깨진 불행의 늪마다
거짓이 드러나고 고통만 남는다.

강산의 노래

될성싶은 숲속의 나무는
갈등이 목을 조여도
알알이 자라나고

쓸모없는 강가의 조약돌은
이끼가 몸을 감아도
줄줄이 뻗쳐가며

서로 다른 모습으로
강산을 찬란하게 물들이며
도도히 살아 숨 쉬고 있다.

자연의 이치

낮에는 들녘에서
땀방울 흐르니

즐거움은 바다로
흘러가고

밤에는 서재에서
애간장 태우니

외로움은 심장에
스며드네.

스침의 순간들

바라볼 수 있을 때
함께 뒹굴 수 있는 시간이라면

느낄 수 있을 때
같이 걸어갈 수 있는 길목이라면

시절 인연에 부대끼는 소중한 만남과
평생 만날 수 없는 아쉬움의 이별이

살아가는 동안 얻고 놓치는
숱한 변동이 멈출 수 없기에

더불어 가는 삶의 순간은
마냥 신비로울 뿐이다.

내면의 닢

아무 생각이 없다가도
뭔가 생기 돌 듯
특기 하나쯤 나올 때

언뜻 스친 무엇에 엮이듯
괜히 소름 돋듯
놀라운 잠재력이 일어날 때

우연히 걷다 주운 조약돌 하나에
하늘이 내린 운석처럼
빛을 내기도 하고

버려진 쓰레기 집단 속에도
좀처럼 보기 힘든 보물이
꿈틀거리기도 한다.

부딪치는 마음

불행이 있기에
행복을 놓지 못하고
매화 향기에 젖어
봄바람이 분다.

절망이 있기에
희망을 잃지 못해
난초의 생기를 받으며
여름 땡볕을 쬔다.

미움이 있기에
사랑을 떼지 못하고
국화 정기에 붙어
가을 단풍이 든다.

시비가 있기에
마음을 잡지 못해
대숲에 끈기를 내밀며
겨울 눈을 본다.

089

삶의 노래처럼

굵직한 줄기에
짧게 핀 들꽃이
튼튼해서 기뻐하니

희미한 길목에
길게 뻗은 전선이
늘어져서 노하더라.

단란한 공간에
좁게 선 인연이
줄지어서 애원하니

행복한 전율에
넓게 품은 예술이
짜릿해서 즐겁더라.

하늘과 땅 사이

하늘이여
우산이 그리울 때 비를 주고
양산이 정거울 때 볕이 드니

구름 덮인 하늘에 전할
희망의 문자를 존경으로 할까

땅이여
집을 지을 때 명당을 주고
씨를 뿌릴 때 옥토가 되니

안개 품은 땅에 고할
소망의 말씀을 사랑으로 할까

농토에 부는 바람

열심히 갈고 엎은
쓸모없던 땅이 농토로 빛날 때

소중히 심고 키워
보잘것없던 씨앗이 열매를 맺을 때

생명 산업의 기초가 다져지고
농촌의 꿈이 무르익는 거라고

땡볕 아래 묵묵히 땀 흘리는 농부들이
한결같이 전할 말이라고 한다.

즐거운 마음으로

험상궂은 불나방이
촛불 사이를 배회하며
미친 듯이 춤추더니

잠시 지친 듯
고개를 조아리다
다시 으쓱대며 날개를 펴고

앙증맞은 장미꽃이
귀여운 모습을 드러내며
멋진 듯이 노래하더니

순간 멈추듯
입술을 깨물다 말고
다른 몸짓으로 입을 벌린다.

떼고 싶은 혹

능글맞다는 한마디에
상처받는다면

애물단지라는 놀림에
괴로워한다면

산을 오르다 거미줄에 엉켜도
하늘을 탓하고

강을 건너다 돌부리에 걸려도
땅을 욕한다.

허와 실

거짓이
진실인 양
우거대는 민낯으로

하늘 향해 눈웃음치는
해바라기처럼
낮의 풍요를 꾸미고

허풍이
자랑인 양
으스대는 모습으로

땅을 보며 비아냥대는
달맞이꽃처럼
밤의 요정을 꿈꾼다.

살벌한 집단

정치는 개인의 입이 아니라
무리 지은 당의 함성을 이루며

홀로의 지혜를 토하는 게 아니라
헛구호라도 단체의 한목소리를 내고

어떻게든 상대의 모래성이 함락해야
나의 소속이 승리한다는 것을

그 살벌한 정쟁을 치른 후에야
비로소 정치의 달콤한 맛을 느낀다.

내 것이 아니기에

탁 트인 풍경처럼
인간 세상도 그리되길 바라지만

크면 사정없이 자르려고 한다
그늘을 없애기 위해서가 아니다.

드러나면 조건 없이 덮으려 한다
잡초를 제거하기 위해서가 아니다.

빛나는 보석이 내 것이 아니기에
무차별 없애야 성공한 삶인 줄 안다.

마음먹기 따라

추울 때
온돌방에 누워
달달한 군고구마를 먹는다면

더울 때
툇마루에 앉아
텁텁한 막걸리를 마신다면

어지러운 세상도
맑게 흘러갈
테고

어두운 인생도
밝게 비추어질
거다.

엄니! 이제 웃어야지

평생을 속절없이 품고 살면서도
제 삶인 것처럼

떼고 싶어 발버둥 치면서도
제 운명인 것처럼

아파하거나 괴로운 모습조차 감추고
오직 자식 잘되라는 미소만 자아낼 뿐

그 맺힌 한의 핏덩어리를 돌려보내고도
환희의 꽃보다 주름 새로 눈물이 빛나는

엄니!

꿈의 길

나지막한 길 걷다가 앉은
그 자리에 꽃이 피고

잠시 머물렀다가 선
그 바위에 낙엽이 떨고

조바심도 없던 생명이
자지러질 소용돌이에 휘말리다가 간

세파에 지친 꿈이
애증의 빛 쬐듯 널브러져 있다.

끝없이 삶

아픈 곳이 있다면
완쾌하도록 힘찬 노래 부르고

쓰라린 곳 있다면
상쾌하도록 기쁜 춤을 추면

슬픈 곳이 있어도
통쾌하도록 멋진 장단을 맞추며

어떤 역경도 훌훌 날려버린 채
행복을 지피는 삶이란다.